21

世纪文学之星

2022—2023 年卷

丛书

诗歌集

纵斧伐柯

罗逢春⊙著

作家出版社

作者简介：

罗逢春，男，彝族，贵州赫章人。中国作家
协会会员，贵州省作协理事，鲁迅文学院第
四十七届中青年作家高级研讨班学员。诗作
见于《人民文学》《中国作家》《青年文学》
《民族文学》《当代·诗歌》《山花》等刊，
入选多个选本。获首届阿买妮诗歌奖。

目录

总　序

袁　鹰

　　中国现代文学发轫于本世纪初叶，同我们多灾多难的民族共命运，在内忧外患，雷电风霜，刀兵血火中写下完全不同于过去的崭新篇章。现代文学继承了具有五千年文明的民族悠长丰厚的文学遗产，顺乎 20 世纪的历史潮流和时代需要，以全新的生命，全新的内涵和全新的文体（无论是小说、散文、诗歌、剧本以至评论）建立起全新的文学。将近一百年来，经由几代作家挥洒心血，胼手胝足，前赴后继，披荆斩棘，以艰难的实践辛勤浇灌、耕耘、开拓、奉献，文学的万里苍穹中繁星熠熠，云蒸霞蔚，名家辈出，佳作如潮，构成前所未有的世纪辉煌，并且跻身于世界文学之林。80 年代以来，以改革开放为主要标志的历史新时期，推动文学又一次春潮汹涌，骏马奔腾。一大批中青年作家以自己色彩斑斓的新作，为 20 世纪的中国文学画廊最后增添了浓笔重彩的画卷。当此即将告别本世纪跨入新世纪之时，回首百年，不免五味杂陈，万感交集，却也从内心涌起一阵阵欣喜和自豪。我们的文学事业在历经风雨坎坷之后，终于进入呈露无限生机、无穷希望的天地，尽管它的前途未必全是铺满鲜花的康庄大道。

　　绿茵茵的新苗破土而出，带着满身朝露的新人崭露头角，自然是我们希冀而且高兴的景象。然而，我们也看到，由于种种未曾预料而且主要并非来自作者本身的因由，还有为数不少的年轻作者不一定都有顺利地脱颖而出的机缘。其中一个重要的原因，乃是为出书艰难所阻滞。出版渠道不顺，文化市场不善，使他们失去许多机遇。尽管他们发表过引人注目的作品，有的还获了奖，显示了自己的文学才能和创作潜力，却仍然无缘出第一本书。也许这是市场经济发展和体制转换期中不可避免的暂时缺陷，却也不能不对文学事业的健康发展产生一定程度的消极影响，因而也不能不使许多关怀文学的有志之士为之扼腕叹息，焦虑不安。固然，出第一本书时间的迟早，对一位青年作家的成长不会也不应该成为关键的或决定性的一步，大器晚成的现象也屡见不鲜，但是我们为什么不在力所能及的范围内尽力及早地跨过这一步呢？

于是，遂有这套"21世纪文学之星丛书"的设想和举措。

中华文学基金会有志于发展文学事业、为青年作者服务，已有多时。如今幸有热心人士赞助，得以圆了这个梦。瞻望21世纪，漫漫长途，上下求索，路还得一步一步地走。"21世纪文学之星丛书"，也许可以看作是文学上的"希望工程"。但它与教育方面的"希望工程"有所不同，它不是扶贫济困，也并非照顾"老少边穷"地区，而是着眼于为取得优异成绩的青年文学作者搭桥铺路，有助于他们顺利前行，在未来的岁月中写出更多的好作品，我们想起本世纪20年代和30年代期间，鲁迅先生先后编印《未名丛刊》和"奴隶丛书"，扶携一些青年小说家和翻译家登上文坛；巴金先生主持的《文学丛刊》，更是不间断地连续出了一百余本，其中相当一部分是当时青年作家的处女作，而他们在其后数十年中都成为文学大军中的中坚人物；茅盾、叶圣陶等先生，都曾为青年作者的出现和成长花费心血，不遗余力。前辈

纵斧伐柯 ｜

们关怀培育文坛新人为促进现代文学的繁荣所作出的业绩，是永远不能抹煞的。当年得到过他们雨露恩泽的后辈作家，直到鬓发苍苍，还深深铭记着难忘的隆情厚谊。六十年后，我们今天依然以他们为光辉的楷模，努力遵循他们的脚印往前走去。

开始为丛书定名的时候，我们再三斟酌过。我们明确地认识到这项文学事业的"希望工程"是属于未来世纪的。它也许还显稚嫩，却是前程无限。但是不是称之为"文学之星"，且是"21世纪文学之星"？不免有些踌躇。近些年来，明星太多太滥，影星、歌星、舞星、球星、棋星……无一不可称星。星光闪烁，五彩缤纷，变幻莫测，目不暇接。星空中自然不乏真星，任凭风翻云卷，光芒依旧；但也有为时不久，便黯然失色，一闪即逝，或许原本就不是星，硬是被捧起来、炒出来的。在人们心目中，明星渐渐跌价，以至成为嘲讽调侃的对象。我们这项严肃认真的事业是否还要挤进繁杂的星空去占一席之地？或者，这一批青年作家，他们真能成为名副其实的星吗？

当我们陆续读完一大批由各地作协及其他方面推荐的新人作品，反复阅读、酝酿、评议、争论，最后从中慎重遴选出丛书入选作品之后，忐忑的心终于为欣喜慰藉之情所取代，油然浮起轻快愉悦之感。"他们真能成为名副其实的星吗？"能的！我们可以肯定地、并不夸张地回答：这些作者，尽管有的目前还处在走向成熟的阶段，但他们完全可以接受文学之星的称号而无愧色。他们有的来自市井，有的来自乡村，有的来自边陲山野，有的来自城市底层。他们的笔下，荡漾着多姿多彩、云谲波诡的现实浪潮，涌动着新时期芸芸众生的喜怒哀伤，也流淌着作者自己的心灵悸动、幻梦、烦恼和憧憬。他们都不曾出过书，但是他们的生活底蕴、文学才华和写作功力，可以媲美当年"奴隶丛书"的年轻小说家和《文学丛刊》的不少青年作者，更未必在当今某些已经出书成名甚至出了不止一本两本的作者以下。

　　是的，他们是文学之星。这一批青年作家，同当代不少杰出的青年作家一样，都可能成为 21 世纪文学的启明星，升起在世纪之初。启明星，也就是金星，黎明之前在东方天空出现时，人们称它为启明星，黄昏时候在西方天空出现时，人们称它为长庚星。两者都是好名字。世人对遥远的天体赋予美好的传说，寄托绮思遐想，但对现实中的星，却是完全可以预期洞见的。本丛书将一年一套地出下去，十年二十年三十年五十年之后，一批又一批、一代又一代作家如长江潮涌，奔流不息。其中出现赶上并且超过前人的文学巨星，不也是必然的吗？

　　岁月悠悠，银河灿灿。仰望星空，心绪难平！

1994 年初秋

序

诗人像观察星星那样观察人性
——罗逢春诗集《纵斧伐柯》序言

叶延滨

罗逢春是贵州的一位彝族青年诗人，生于贵州赫章，2007 年毕业于华侨大学文学院中文系。中国作家协会会员，鲁迅文学院四十七届高研班学员，2020 年创办拖拉机诗歌沙龙。从他的经历，可以看出他是在一个全新的时代接受高等教育，同时与这个世界同步前进的诗人。对于他的作品，编委会上还是有不同意见的，但最终投票通过了罗逢春的这部诗集，我认为仍然体现了"21 世纪文学之星丛书"关注基层和关心少数民族优秀写作者的初心。毕竟这是诗人的第一部诗集，作品质量并非十全十美，但通读全集，可以感受到诗人具有的写作天赋，饱满而真挚的情感，独特的观察力和不凡的想象力，这些都给予我们更多的期待。罗逢春的作品，大多从现实生活出发，而不是从书本和概念引申。每个人都生活在他的现实之中，然而现实成为诗人笔下的诗篇，需要有别于他人的观察与体验。不是每天都有新奇的事物刺激诗人产生灵感，我们经历的生活场景，大多还是相对恒定的。爱情，山水，清风与星辰，这些相对恒定的事物，在不同诗人的笔下，会有不同的意趣。诗人就是平凡事物的重新发现者和重新命名者，正因为这样，诗人才为我们创造了另一个熟悉而崭新的世界。比如，放风筝这是最古老的游戏了。诗人的《放风筝》给读者展现了这样的诗意空间："风筝飞起来了，代替你去拥抱 / 在这片被亿万年前的星尘覆盖的草原上 / 在尚未及时返青的蕨草头顶 // 它显得轻盈，铁骨和胶质之翼 / 拥有一匹天马不可思议的狂想 / 却也受制于缰绳 // 无休止地奔跑，为了迎合反向的风 / 领它到云间漫步，一次又一次 / 你试图把蘸满阳光金色印泥的印章盖在天空里 // 但天空总高过手中丝线一厘米 / 整个下午我都在你的喘息中 / 聆听一种永恒的困境 // ——无论从什么角度观察星星 / 都正离我们越来越远，如同天空，梦想 / 如同一切无法拥抱之物"。罗逢春的放风筝与传统的放风筝有什么联系，更有什么不同？通常放风筝给我们提示的生活内容是：童心、春意以及和平安宁之类的象征。而罗逢春的这首《放风筝》，却在我们司空见惯的画面中，看到了另一个象征世界：古老与轻盈、自由与受制、无法抵达与梦想天空等这一切当代人面临的困境。这是一个深刻的象征，我们不得不接受传统的影响，同时更不得不面临新的困境。诗人是生活的最敏感的观察者，更是重新发现和命名者。

世上无新事，只有新的发现与新的重名，另一首《田野》只有六行，也是重新命名而产生新的意境："丘陵起伏，地球的曲线变得更加丰富 / 和海上不同，它的眩晕变得肃穆而伟大 / 天冷了，收割后的玉米抱团取暖 / 秋霜点燃木叶，田野空无一物 / 如同经书，被循环的时间反复阅读 / 如同一柄大提琴被风拉响"。田野这个与广阔辽远联系的事物，在诗人笔下转换成经书与大提琴，意趣迥然，却更有意味，与我们的生命有了更深的联想，如经书之引领，如提琴之滋泽。诗人对自然事物赋予人性的光泽，对世间九流更是入木三分地直抵人性深处的幽暗隐秘。如诗作《玩鸟的人》："天空早已开辟了航线而有人 / 依然迷恋翅膀并热衷于 / 囚禁它 // 不必愤怒 / 这只是他小小的生计 // 他爱它们，所

以把它们关进笼子 / 给最好的饮食，用鸟泾浜语言 / 打招呼 // 耐心几乎让他成为一个 / 温和的暴君 / 一个鸟人 // 这些在野的精灵慢慢学会在笼子里愉快地歌唱 / 他爱它们，耐心地等个好价钱 / 然后卖掉 // 还会有许多鸟儿钻进笼子 / 然后从一个笼子到另一个笼子 // 当他提着、托着和背着大大小小的笼子 / 被笼子包围着，从一个集市辗转到另一个集市 / 他们是如此相似 // 会有更多的笼子 / 更多的集市 // 还会有更多的人 / 延续古老的生计 / 一边照镜子，一边叫卖镜中的脸"。这首诗的画面感十足，也有人物有故事，一个古老的故事，让读者从鸟市上玩鸟的人，想到生活中另外更多的场景，想到更深的人性的善与恶，以及其他。在这个世界上最深最远的事物，一个是星星，一个是人心，最远的星星要科学家去探寻，最深的人心需要诗人去探求。文学就是人学，诗人就是写心者："一边照镜子，一边叫卖镜中的脸。"这句诗如斧印，令人难忘。

罗逢春的诗歌再次告诉我，诗歌是人心与人心之间最近的通道，诗人是沟通人心的书写者。诗人因为心动而写诗，读者又因读诗而心动，这就是诗歌的起源与传播方式。现在有些诗歌的门外汉，抽掉诗之初心，把诗歌当作一种语言技法，甚至是语言杂技招摇过市，而诗歌精神却被抛到脑后去了。罗逢春的诗集中，有不少的作品，让人怦然心动，哪怕还有些稚气和可挑剔之处，却显示了诗人领悟和追求诗歌精神的努力。诗人在观察与体验外部世界的时候，同时也需要自省和认识自己，诗人罗逢春在《世界发生变化而我们毫无知觉》这首诗中写出了这种自省与自我认识的领悟："雪一定是从下半夜开始下的。/ 你的睡眠与此同步。这是周末 / 无数无聊的周末中的一个 / 你的早晨应从下午开始。/ 但你清早就起了床 / 或许是因为寒冷，或许是因为光亮。/ 总之，当你洗漱完毕来到窗前 / 你就明白了一切。/ 古往今来多少美丽的句子／在天空和心中翻涌。但你／一句也说不出来。／你没有激动到要感叹／也没有十分平静／你在一种保持弹性但振荡不大的情绪中／感觉到寒冷和寂静／在肺腑，在天地中。"这首诗两次提到"在天空和心中""在肺腑，在天地中"，罗逢春这首诗也可以视为一个青年诗人的"悟道"之作，愿罗逢春永远做诗坛的有心人。

是为序。

2025 年 3 月 18 日于北京

上编

纵 斧

对一棵松树桩的观察

它沉默寡言，一生从未离开过这里，
它热爱生活，交过为数不多的朋友。
财产的清单短得可怜——

雨的淋浴，薄雾的浴巾，
松鼠做的门铃，画眉做的风铃
一到冬天就集体生锈……

夏天曾带着松脂的芬芳在这里乘凉，
无人，而风独自用松子在虚无的棋盘上下棋。
无法照彻的阴影模糊了松针的尖锐。

时间曾在它体内不停地修建环形跑道。
高傲的心，它多么沉迷于自身，
不慌不忙地想要造一架上天的梯子。

它的沉默到卷尺和钢锯为止，一开口就成为绝唱
当木匠来到它身旁，轻声嘀咕
有一副好棺材。

雨的声音

如同银匠的錾子在箔片上敲击
五月的雨水落在榕树叶上
发出明亮的声音

我和父亲，面对面
坐在黄昏的走廊里
这些声音让他着迷

有那么一会儿
他斜靠着椅子，双目微闭
似乎在专注地聆听

这些穿过了遥远年代的雨水
如何同往事一起
慢慢融入泥土

父亲灰白的头一动不动
氧化的银器
在雨滴声的磨洗下闪光

这些穿过了遥远年代的雨水
充满并照亮
空寂而昏暗的走廊

让一个迟暮的病人支起耳朵
收听年轻，将后悔的珍珠
倒入泪腺的加工厂

黄昏的索玛大草原

天空开始为静默的山峦献上红唇
这伟大的黑白旗交接仪式
亘古而绵长

这里不需要多余的声音了
但有一个人仍在用自己的心跳
为全世界击鼓

我一直幻想着把身边的草原
还给一匹远方的马，将远方的马
引向骑手渴望的乌有之乡……

草原上悄悄落满了露水
它们集体滑向低处
又在天空的蓝色底片上清晰地显现

哦，宇宙
这奇妙的运行饱和了我的呼吸

纵斧伐柯

秋天，在移山湖

蓝色湖水如被擦亮的邮箱
未写地址的白云贴满落叶的邮票
无法寄出

枫林在湖水里静静燃烧，燃烧
时间奏响肋骨的手风琴……

夜里仿佛有雨落下

或者是，某人把眼睛存入
天空，孤独的当铺

或者是邮差
带来故人消息

邛海夜月

—— 致 2011 年 5 月的发星和仕荣兄

湖水安静，如同一首为聋者演奏的伟大乐曲
养育空寂的鱼群和星辰
多么神奇的乐谱，居然配得上
月亮的休止符

三个人竖起了耳朵
从每一弧微波侧面互相激荡的银色之光
和每一片翻转的树叶上面
收听风暴

蒲公英

草丛里，他为自己造一个太阳
照亮更矮的草丛
和蜜蜂的辛勤劳作

造一把锯子，即便没什么
需要锯断，也难以锯断
随便什么东西

茎管中经营苦心
那流淌的奶与蜜
为一切野心的虚火降温

微风也是风暴，有时是
孩子们的恶作剧，让它俯身
拥抱更为广阔的大地

雨季就要来临

不久，熟悉的霉味就要到来
在墙角，铁皮椅的绿色上
空气将幸福得像吸足水的海绵。

大海的一个喷嚏，一个呵欠
曾经阳光照耀的城市便长出
不可抑制的霉味。木椅子发出轻微的
胀裂，夜晚的呻吟在悬空的河道涟漪般扩散。

河流就要回到自己的家乡，
低纬度的夏天疲惫地挣扎
高纬度的秋天潮湿地呈现。
一些树落叶，一些云朵修剪边幅，
天空将停止生长湛蓝。
落叶和雨水为一颗飘零的心
展开洁净的床单。

哪一朵云哭泣
哪一朵就是女人，就是
上帝从我肋下取走的

那根柔软的骨头——
被雨水磨尖。男人即便是花岗石，偶尔
也会在一枚绣花针前败下阵来。

异乡的雨夜是一架三脚钢琴
有时忧郁有时激荡。时间
发霉、腐烂、坠落，也在生长，发育。
而燕子的翅膀将变得沉重
闪电敲碎的碎片会在地上重新融合
冲洗或者泛滥。

索玛大草原看晚雾

从那些不明其成因的天坑
的繁茂叶片之上，迷途的天马开始
轻盈的还乡之旅

夕阳那捂得发烫的罗盘
如同一个无法挽救的王朝逐渐式微
牧马人在回家的路上，远去了

马蹄声……模糊如一部暧昧的断代史

月上中天，星星像汹涌的
发光而沉重的泪滴，一任往事的白色轻蹄
托举着越过你和天空永恒的分界线

此时要是不用思念，该多好？
即使高处不胜寒，也可以学习露水
相拥于这来自远古的刚刚返青的蕨草

相忘于这小如尘埃的不断消逝的宁静之乡……

纵斧伐柯 |

棉兰的月亮

在棉兰，月亮
是最大最熟的椰子
挂在高高的树冠。
它甜醇的汁液太新鲜
它独坐树梢的姿势
太孤单，它就要掉下来。

在棉兰，月亮是一只银鞋子
穿上它，我的一只脚
就回到家乡，但另一只
还在棉兰。我心在北方，
身，却在南方
此事万难两全。

在棉兰，月亮是巨大的针孔
当我的目光，穿过它
过去的事和未来的事，就会
密密地缝在"现在"之布上。
或许可称之为"我的时光地图"
如果顺利掌握它们，我将称之为
"我的掌纹"。

数学课

0

0是子宫，孕育万有：正负，虚幻及实存。
一个自转的车轮，围着一片，唯一的
一片，难得的空旷地。
万物在循环中完善。

1

孤独是一种美德
在数的丛林中已成为
绝响

一支烟的命运是灰烬
一根火柴的命运也是
灰烬——
永无止境地互相煎熬

横竖，都是
形单，影只

宿命是孤独
伴随着毁灭

2

开始弯曲
开始，认识到屈服
并且身体力行

3

把 0 一分为二，上下叠加
曲线完美，而不完整

两块锃亮的马蹄铁
不指向远方
指向高处

穹隆的弧度
精确对应搬梯子上天者
脊梁的弧度
没落者的舞步

4

一个自我封闭的三角企图创造
第二个，交叉线通向
不同路径，通向任何路径
但并非每一条路径

十字路口，有贫乏的美
未完成者的贫乏
比已完成者的富有更耐人寻味

我不是我所是之物
亦在我所不在之处

5

弯曲的下半身
熟练地运用朝秦暮楚

6

有了把柄，作为
一切的口袋
0似乎获得悬置的可能

然而这不上不下的状况
不过是没落和上升
拔河

7

无数单向的选择
终究只是一种
选择

我拥有许多选择
不外乎
无处可去无地
自容

8

终其一生你走不出 0 的矩阵
相拥之物必致力于构造
一座简单的
迷宫

9

头重脚轻
意识压弯了一枚钢针
嘴压弯腿而耳朵
压弯嘴

抬头跪拜，当属独创

它的前方一定有我们
所未见的坟墓

10

当绝响获得可供弹奏的空旷地
那地，不再空旷，绝响已然
不绝于耳——

柴米油盐，锅碗瓢盆
现实与……（理想）
在十指间交响

子宫获得插入物
烟找到烟灰缸

钥匙伸进锁孔

——从邻居到同室操戈
互建监狱，互相煎熬
而不献出翅膀

动物园

不只是艺术，甚至生活
也充斥着赝品。
多年前，我曾在动物园
看一只白虎
因吃饱喝足而志得意满
低沉的吼叫让人害怕。
也在大学课堂和一本选集中
领略过里尔克的豹
在许多次若干等的诗人那里
见识过若干野兽。
他们无一例外为失去兽性的野兽而悲叹
每个人都在渴望都在等待
砸碎那笼子，但又感到害怕。
或许，每个人都希望别人
砸碎那笼子
以便既满足想象的野兽
又不致伤及自身。
因此没有人会砸碎笼子
就像没有人会砸碎自己的心

没有人愿意，砸碎自己的各种衣服和面具。

别当真，这只是嘴上说说而已

只是一种深刻的矫揉造作。

放风筝

风筝飞起来了，代替你去拥抱
在这片被亿万年前的星尘覆盖的草原上
在尚未及时返青的蕨草头顶

它显得轻盈，铁骨和胶质之翼
拥有一匹天马不可思议的狂想
却也受制于缰绳

无休止地奔跑，为了迎合反向的风
领它到云间漫步，一次又一次
你试图把蘸满阳光金色印泥的印章盖在天空里

但天空总高过手中丝线一厘米
整个下午我都在你的喘息中
聆听一种永恒的困境

——无论从什么角度观察星星
都正离我们越来越远，如同天空，梦想
如同一切无法拥抱之物

贝 壳

那轻柔得近乎压抑的声音不断朗诵着
有毒的寂静，絮叨着一种无法返回的记忆
执着于呼唤那个无法兑现的未来

那旋转的胸腔必定收藏了一个虚无又激动的大海

如同明亮的雨的碎银敲打着
空气——被听觉上了半眠之釉的瓷器
闪耀着脆生生的光芒

那在胸腔内不倦吹拂的咸味的风腌制了阳光和沙子的金黄色

当你的耳朵从一只贝壳那里返回（它们的构造何其相似）
一滴雨从云端返回并在浪尖上眺望整个大海
就像你在这旋转的星球上看银河滚向远方

2013年暮春陪父亲重游弘福寺

岁月的石级增长
小雨中镜面一样滑溜
衰老如同上山的路
漫长而艰难。道旁
记忆之花零星闪现。
清茶，清谈，清闲的时光
多么清静而珍贵。
而疲倦的人硬下心肠
任留声机运来午梦。
在马头琴里饱览草原的人
不会再见到草原。
风中有树叶落下。
指尖香烟已燃尽。
也许一切和三十年前一样。
那就任它落下。那就
由它燃尽。人未动身
茶水已开始变冷。
那就让它变冷。
白昼未央，夜色已如顶礼的僧侣
从四面赶来。

或许它们知道我们将和太阳

西西弗斯的刑具

一道下山——

我们的归程早已给定。

与诸友登黔灵山

癸巳九月既望，与李晁、钱磊、木郎、顾潇、杨长江登黔灵山，憩弘福寺，与山僧通谛茶讠乇，乘兴登亭，坐拥半城，弦歌绝壁上，及暮归城中。

我们歌唱
满耳都是风声

半个城市的车水马龙在伴奏
半个城市播放默片

没有人会记得那些歌
没有人歌唱

除了我们
而我们是沙砾

但有时我们的想法恰恰相反
试图留下什么

纵斧伐柯 |

即便满耳风声
我们仍然大声唱

棋子已开始行走
而河界未定

语言已被运用
却不知道要搬运什么

同一条路把我们运到正午的神殿
又运向一个黄昏的城市

因为无法说出即将面对的事物
我们把喉咙留在了山顶

皮肤病

它以一种激进的方式清理着
老皮肤，但不带来新的。
这种来自表层的反抗
我已经不能加以和谐。
我动用了全部的爪牙，但事情
变得更糟。我常常在人前坐立不安
仿佛怀有深远的焦虑，在卧室
也一样。我可以脱下光鲜的外衣
脱下名牌的符号学意义
但却脱不下这件带刺的内衣。
我也曾以它示人，但那时
它至少保持着表面的完整
光洁柔滑的温驯
巧妙隐藏了它嗜血的牙齿。
现在它的山头多了，随意
指挥我的双手，尽管张牙舞爪
还是顾此失彼……它已沉默太久
以至于一张嘴就用如此尖厉的口音说：
"让你见识一下，真正的
匹夫之勇。"

　　　　　　　　　　　　　纵斧伐柯 |

玩鸟的人

天空早已开辟了航线而有人
依然迷恋翅膀并热衷于
囚禁它

不必愤怒
这只是他小小的生计

他爱它们，所以把它们关进笼子
给最好的饮食，用鸟泾浜语言
打招呼

耐心几乎让他成为一个
温和的暴君
一个鸟人

这些在野的精灵慢慢学会在笼子里愉快地歌唱
他爱它们，耐心地等个好价钱
然后卖掉

还会有许多鸟儿钻进笼子

然后从一个笼子到另一个笼子

当他提着、托着和背着大大小小的笼子
被笼子包围着，从一个集市辗转到另一个集市
他们是如此相似

会有更多的笼子
更多的集市

还会有更多的人
延续古老的生计
一边照镜子，一边叫卖镜中的脸

华山高

要是没有梯道多好
这块坚实的花岗岩只适合
大雁翻阅，只有她轻盈的翅膀
适合朗诵这沉重之诗
这尊沉默的神，只应在尘土之外
享有松树和红桦安谧的供奉
但工匠的锤子錾子终究揳入
这无欲之躯，带着火花
现在它成为登临者的垫脚石
这些好高骛远的
行走的肉身
他们想去到更高的地方
看更远的风景
但不会在意脚下沉默的石头
因践踏而被不断磨损的孤独

逆光与反景

一只蜘蛛日益信赖它银白的网。
整日在角落里描绘又试图穿越
形制精巧的八卦迷宫。
在空气里捕捞，用竹篮打水
或守株待兔，以不变应万变
以静制动，需要保持极强的
弹性和韧劲。有时翻筋斗
在风里荡秋千，像落水者抓住
救命的稻草，或飞虫挣扎着试图逃离。

到了深秋，世界陡然安静
像一块石头落向谷底。

它赫然成了唯一的猎物。

当目击者置身于语言之寺庙
明亮的殿堂，当一个小公务员
受困于五面白墙
和白地砖反射的日光灯
当黑字落在白纸上，

一场海难的
幸存者，被一一捞起
被告接受质询
谜底先于谜面成型又被谜面围困。

明亮的陷阱让人目眩。
啊，当心

你那被不断开垦的唯一的命运！

山中一日

微雨散布烟雾，远处的事物
习得失传的隐身术
近处的玩起模棱两可的小把戏。
微雨勤劳，让草木归于干净，
一只喜鹊的叽喳，被它洗了又洗，
然后和盘托出。唯一洗不白的，是黄昏的天色，
那难以言传的忧郁症。
这一日宁静而悠长，一切俗务似乎都可以接受。
看花是花，看公文就是公文，
美丽与枯燥，真与假，两不相欠。
这一日不必感时自伤，不须顾影自怜，
不可叫卖理想和孤独。

春事近

寒食刚过，清明又来
布谷声声，提前散布谷雨
青草，已高过了新坟
空气中弥漫着灵魂的气味

敏感的小虫
拱出潮湿的地表
伸懒腰的蛇妖娆而寂寞
——土地已苏醒三寸

这一日，我漫步云台
山川风物尽收耳目，不过是
春风吹软落日
花朵奏响空山

外面下着雨

外面下着雨，而我
坐在里面。外面的事干扰了我。

这是秋天的黄昏，太平洋
和印度洋之间的一个狭长的岛屿
像秋天一样狭长。

下雨，无论什么时候什么地方
总是件孤独的事。

一场雨喧嚣而一滴雨
孤独。

我不是雨，我坐在里面
我也是孤独的。
但有别于外面。

里面的孤独是年轻的
而外面是日暮的孤独
里面是干燥的孤独而外面

纵斧伐柯

潮湿的重负灌溉孤独
里面的缓慢的孤独不同于外面
急速行驶的孤独
坐而论道的孤独不同于一朵云
途穷痛哭的孤独
平行的孤独必大异于垂直的
孤独。

人群中我常常想起
一滴雨。而雨中我想起
一个人。

然而一个人的孤独终究有别于一滴雨的
孤独。

星 空

连夏天最不安分的小虫子
都睡了，只有我
依然醒着。

打开门，几声犬吠
像夜晚的衣服上掸落的
几粒灰尘。

除了心跳
再也没有别的声音。
世界安静得胜过规划图上的城市。

我想起白天
这个痛饮度日的男人
卑微，无所事事。

仿佛时间只是他皮箱里的
一只不足为患的耗子。

现在他居然来到旷野

独对黑暗和可能存在的鬼魂。

他对我说，当你被黑暗包围，
低下头，你找不到路
而如果你选择仰望

星空就属于你一个人。
遥远，孤寂的光，
似乎一眨眼就会熄灭

宇宙正扩大它的边界
在这不断张大的嘴前，一个人
站在空旷的野地

犹如一根竖起的指头：
嘘——你已经说得太多……

旅行记

四月午夜落雨的街道
孤独的诗行
行人，一盏盏移动的台灯

道路是一种动机
行走是对远方的谋杀
唯有幻想原封不动

香樟的气味
黄皮鞋，天空
一把无柄的破旧雨伞

积水一分为二
车轮下的辩证法
洁白又破碎

矛盾的人忽前忽后
一个标点在寻找位置
对一首诗来说并非必需

外面，暗黑的云朵继续奔赴
空荡荡的大街
室内，茶水冷去了春心

也许不再感到
"人来人往
剩下的还是自己"

而年华，错位的齿轮依旧锯着
多少人互为过客
我们十觞亦不醉

而明天，山脉和河流的自我复制
将被分割。醒来时我在哪里
你又在哪里？

立冬·大雾

太阳远行，雾气浓重，日甚一日
该落的叶子都已落尽
该做的事情都已完结
而行人从未断绝，他们有走不完的路

不要因寒冷而心生怜惜
不要寄希望于想象中的温度
不要提着酒去找你的朋友
走着走着，又忘了为什么出发

不要亲近并一头扎入这世界
最好隔着一层毛玻璃
如同相熟的人遽然走近
打招呼也带着一丝惊讶

你熟知的存在被意识定为必然
但邂逅总是小概率事件
雾仿佛一扇门嘎吱打开又倏然关闭
这相遇之光照亮的瞬间又匆匆而去

纵斧伐柯 |

要习惯眼中一片混茫，仿佛骑鹤远行
要心存一点点侥幸
就当它是一本无尽之书
而我们恰好身处其中一页

什么是孤独

变黄，变轻，变脆
热烈到冷淡——夏天
从秋天的树上悄悄脱落

时间推动时间
回忆替代回忆
未来占用未来

我体内沉睡着
一场失效的风暴
一个濒临干涸的海洋
一座停摆的钟
一轮生锈的月亮

星球不厌其烦地旋转和推移
一个人，置身其上
心怀难以激活之物
或许就可称之为孤独

死亡为什么是一种安慰

我们将死去很久。
躺在泥土里看星辰运行
看谦卑的人把脊背拱向苍穹。
而我们的脊背拱进泥土。

大地是一床无边的棉被
柔软而暖和
我们将躺在这里很久
心安理得，精研算术：

除去多余之物，减去人间烟火
对心虚者乘胜追击
他惧怕我们，而我们耻于
这样的人加入我们的队伍

时间的霸权归零，暴力统治
作为失效的分母进入历史。
我们将获得一张门票并借此通过
一道窄门。

我们心怀正直和悲伤
——哦，死亡
就是那随时随地守候
但总是来得太迟的礼物。

漆 树

不要怜悯它

它的命运是刀子

它因体内藏着一条微毒的河流

而上了刑场

它以为隐藏得很好了

可惜皮不够厚

如同纸包不住火

它被一刀一刀地割开

流出黑血，浓稠得似乎是伤及动脉

它依旧挺立，沉默

似乎无事发生

它没有死，这很幸运

它没有死，继续着挨刀的命运

它没有死，甚至活成了一种奇观

但这是值得称道的吗？告诉我

当一个拥有这么多嘴的家伙

承受如此多的丧失而不能发声时

除了叫漆树还能被指称为别的什么东西吗？

在大街上

我经常置身于这条喧闹的河流
像一艘被流水遗弃的破船
却始终专注于流水般的人群
他们揣着不同的目的
流向不同的方向
这些匆忙的人啊，他们视而不见
完全不顾及是否踩疼了别人的影子
他们听而不闻，完全忽略了
满街影子的尖叫
这些匆忙的人啊，仿佛身怀密令
偶尔交谈，言辞闪烁
他们扛着被生活压低的头颅
像没头没脑的苍蝇，到处乱撞
在暮春的阳光下
到处搜寻被许诺的
散发着浓厚霉味的幸福

来自高原

来自南方的空气是海水
它咆哮的愤怒被垂直地撕碎
北方的，是沙子，干燥的火焰
顽强的坚持。

无论走到哪里，我都试图辨别
这两种矛盾的风，它总是将我劈成两半
又合而为一。

南方的风，吹开桃花，吹落桃花
花落果出。
它潮湿的温柔向下。
它的懦弱就是它的谦虚。
而北方的——风，雕刻雪花
雕刻晶莹的六边形，它们有着几何学的优美
和文人的抒情。
无论融化或凝固，它的白
都是一种难以言说的悲凄！

而我来自高原，来自南方的高空

和北方的南方。我的位置难以界定
我融合两种不同方向的风
简而言之
它们并不属于我。

我的家乡似乎在南又在北
我的语言也是。
而我的母语已遗忘，就像和尚遗忘了木鱼
这是我唯一的羞耻，致命的脆弱
它无处不在又无处可在！
它是我难以言说的悲凄！

食笋的诗学

青绿小笋炒猪肉
在白瓷盘里
被木筷轻轻夹起

这一盘，将来的
半根洞箫或长笛
几支笔管

它们可能会吹奏清风朗月
去书写天空大海
描绘白云和鸟群

高雅的命运误入盘中
一代又一代往复不已
我们向来毫不客气地请请请

现在，它只有一种可能
与猪肉一道被咀嚼、吞咽、消化
而后排泄

那一堆排泄物消化了风骨、天空
以及其他诸如此类的重要问题
而苍蝇们频频点赞

耻辱之城

你到过耻辱之城吗？
你一定到过。
每个人
都有自己的耻辱之城。
每个人的身体里都有一座
耻辱之城。
在那里，我埋下我的羽毛
我的风被石头禁锢，喝着冷饮，发高烧。
我滥用了落日的金币和初月的白银。
在那里，夜晚神速而白天短暂
如同美好的回忆。暮光照亮
所有皱纹和伤痕，也照亮对丢失的热情的疲惫找寻。
深爱过却毫无结果，如同被深翻就被遗忘的土地
被建筑就被遗弃的房子
躺下来面对天空，孤零零
云雨的润泽仿佛也成了意味深长的嘲讽。
"如今的生活——就像疯狂的河流"。
如果仅仅相爱就足够，那一切就简单了。
是的，这里有美也有耻辱。

矿　难

他黧黑的面容在火光跳跃的镜中闪现。
空洞如矿井，双眼
挤满空寂，更深处，被死亡的矿石填满。
破布似的呼吸，来自亟待整改的风井，一次次拧紧
等高线一样的皱纹。

儿子被烧成焦炭
躺在棺材里，如同一枚被催熟的坚果仁。
人民币，蹩脚的魔术师，把他变成了取款机
但是没能再变回来。

剩下的事一点也不复杂。一部分抬回家
然后埋下，等待它发芽。
一部分存进银行，生长利息并等待分钱的亲朋
前来敲门。

霜 晨

空气被晨霜磨尖，到处扎人
钙化的阳光在树叶的积雪之上闪烁
这是十二月，雪上加霜
土地长出的白和天空滴落的白
如同迷路的银子
被太阳的永恒当铺隐藏
我热爱这些洁白而低温的事物
它们孕育春天的火焰却从不带走赞美
它们哭泣着离开草叶，枝头，大地
仿佛永不再回来

田　野

丘陵起伏，地球的曲线变得更加丰富
和海上不同，它的眩晕变得肃穆而伟大
天冷了，收割后的玉米抱团取暖
秋霜点燃木叶，田野空无一物
如同经书，被循环的时间反复阅读
如同一柄大提琴被风拉响

奢香墓前

云龙山下，乌龙坡头，洗马塘畔
阳光照彻，松柏和衰草，偶尔有风
带来寒冷的银票。新献的花圈
风吹倒两个，无人扶起
鲜花已凋谢。马和老虎相安无事
游人高声谈论着剧情。
凤凰、鹰和蝙蝠杂居，甚至
传说中的龙也现身了几条……
它们来自对某个死亡时刻的深刻记忆
却居住于石头，象征着永恒。
坟头荒草茂盛
如同越写越长的回忆录
讲述着前朝往事——时间终止于
1396 年，洪武二十九年
九驿已通，汉学大兴……
美人在衰老前离去
政治家抱负未全申。

订 碑

早在七月，我们就开始悄悄为父亲准备后事。
南高原溽热，天空是一望无际的蓝。
一块石头将如实交代一个人的一生：
生于何时，死于何地，子孙有几。

但毕竟现在还不是时候。
我们在石料场里辗转，耐心地比较
黑石头白石头，研究尺寸和价格
拖延着，尽量推迟那必将到来的决定，以此安慰自己。

将亲人的一生托付给一块石头
是一件严肃庄重的事情。
交谈时断时续，莫名其妙地停顿
戛然送来一段空无。

闷热的寂静挤压着胸腔，可以听见
数米之外，低低的流水声。
但毫无疑问，总有一块为他的一生预留了空白。
总有一个日子在前面等待。

我们将凿除石头多余的部分，这个日子
将凿除日历中多余的部分。
它持续施加的压力，
足以让线型的时间折断。

寄希望于起重机，切割机，磨边机
能将它起吊、分割，打磨圆润，
我用 800 元定金
给它划定了地盘。

在寿衣店

这是我和弟弟第一次光顾寿衣店
旁边是三个姑妈，一个姨妈。
姨妈家的大姐正在讨价还价。
四个老人讨论着，该给那个将死之人
穿七件、九件，还是十一件衣服。
我在考虑鞋子和帽子的尺码。

此刻，他正躺在沙发上进入短暂的睡眠
或许还有轻微的鼾声，用疾病难得的喘息
换取片刻宁静。从一个医院到下一个医院
在这场耗时一年的马拉松中
疲惫者需要休息。

弟弟并未进门。他扶着行道树弯下腰杆，
或许是意识到了这一点：
我们正在预订一场葬礼的必要部分
而当事人毫不知情，无法拒绝。

空　山

空山就是我啊
云的面具雨的面具雾的面具修饰的
那寒冷的空山就是我啊
木叶落尽，在风中，沙沙响
那在骨头里被撕扯成碎片的空山就是我啊
众鸟高飞，那肝脏被啄食殆尽的
空山就是我啊
当你踏足，我便充盈
你低语，我便应和
那镜子一样的空山
就是我啊

黑夜里应该做什么

对于两情相悦的人来说
一切自然而然，随便找个地方
幸福得像乞丐一样，躺下来，聊聊天
或者睡觉，什么也不说
要说就说单音节词，嗯，啊……
接下来就是自说自话，或者梦呓
什么也不用想，要想就想江山起伏
水草肥美，就想桃花在流水里坐忘
诸如此类，不胜枚举。
另一些人的境遇大不相同
他们置身黑暗如同身处战火之后的废墟
深陷于愧疚，一种难以割舍的
拥抱（也许），或者一所不能居住的老房子
仿佛不是他们自己
而是别人独自躺在自己的黑暗里
……算是吧，也曾有过美好的时辰
如同头顶的星光，在眼里迷乱而遥远
越来越遥远……除了低下头还能做些什么

纵斧伐柯

一低下头就窥见心底的黑暗升起
把自己倒裹起来，如同一个鬼才知道
会寄往何人手里的包裹

致 H 第五

天边异常明亮，我
安坐于落日滴下的浓密的阴影中
血液里沸腾的激情稍微冷却。
注视着人们停下来，道路平坦
他们在炎热中已奔波太久。

海伸出巨大的手掌，天空静默，毫无知觉。
我的眼睛依然渴望着地平线以外的景色，
等待一件绿色外套一闪而过。
尽管知道一切徒劳，我的心仍然充满爱意。

我固执地热爱稠黑的阴影
在风中撒下欢笑的柠檬桉
火一样燃起又迅速熄灭的凤凰木
还有不动声色的杧果，金色的问候。

我热爱它们，因为它们曾送出
清凉、激动和愉悦，在这孤寂的庭院
它们遮挡烈日、暴雨，四年。
为我所爱的人，为你——H。

纵斧伐柯 |

下编

伐 柯

月亮的集小成

在古老的恋人那里
是一间新房子
照亮它，只能用甜咸的泪滴

在异乡人眼里
是一间老房子
让他抬头，让他低头

在孩子那里
盛来幻想中丰盛的晚餐
也藏着割耳朵的刀子

当然还有别的看法
比如只有中秋的故乡的
才算是，才最亮

挂在树上的是被咬过一口的饼
如果挂在风声里
则意味着别的东西

松树林里的
磨尖了松针
银子般的忧郁

边塞的是印象派清洁工
涂抹碧血，黄沙，白骨
孤零零打扫战场

天山的高于其他
平原的吐纳汹涌的大江
楼上的是偷窥者

在深夜的小树林是有教养的听众
安静得仿佛不会翻脸
而在长安是打击乐

当然，在古代更新鲜
尚未被大师们不朽的手
磨出老茧

有人认为她有个大海妈妈
有人问她的芳龄
有人要她陪酒……

　　　　　　　　　　　　纵斧伐柯 ｜

越来越陈旧
到今天已生锈
甚至被踩在脚下宣告主权

再不是神圣如佛头
也不会让人想到美女和她的兔子医生
还有那个让人又嫉妒又可怜的生态破坏者

以至于此刻，我们谈论这些
异名者，就仿佛在讥讽
佩索阿

就仿佛在反对
亲爱的
阿姆斯特朗

当语言的巴别塔
建到四十万公里的高空
与太初之言已关系寥寥

解释权被滥用
发明纯属僭越
延续千年造成通货膨胀

稳定物价，只能回到
环形山，撞击坑，无名的
平原和高地，回到一个基本事实

——这一块飞奔的魔石
只用恒定的一面反射太阳的光辉
而我们，要进入另一面

纵斧伐柯 |

雪的滑行

公元前，时间仿佛
从春天的柳树开始
雨雪霏霏，朴实无华
那时修辞尚未成为把戏
雨密集地下到高处
以致要一把扫帚在下面等待
以致雨成为非雨，其间有
多少旅人的辛酸和热泪啊。
4 世纪，男人从热泪提炼出盐
顺便把天空变成了土豪
而女人那敏感的心又回到柳树
确切地说，是大地初醒时的絮语
它提前 1400 年
预付了英伦短命诗人的吁请。
雪和柳絮之间，除了温度
还有调值的婉转嬗变。
而在 8 世纪，它擦亮了将军的刀子
也刻下了朋友离去的马蹄形空虚。
但 9 世纪的诗人却可以用同样的理由
试图换取共饮寂寥的一夕欢愉。

从天空到地面，这漫长的旅途
到今天也远未结束。
而其间经历了多少比喻、夸张、拟人……
还将经历多少比喻、夸张、拟人……
无人能说得清
就像 11 世纪一只缥缈的鸟
偶然登上这六边形的修辞的剧场。
亲爱的读者，如果不就此打住
我相信，我们的头发和胡须
也将以影子的方式
登台表演一段，而这篇分行文字
也将无法结束自身的冗繁和厌倦。
至为关键的是，在这漫长的滑行中
或许雪早已变成了其他东西
如果真是这样，我们谈论得越多
就离雪所指称的唯一对应物越远。
的确，一感叹，雪就不是雪了。

世界发生变化而我们毫无知觉

雪一定是从下半夜开始下的。
你的睡眠与此同步。这是周末
无数无聊的周末中的一个
你的早晨应从下午开始。
但你清早就起了床
或许是因为寒冷，或许是因为光亮。
总之，当你洗漱完毕来到窗前
你就明白了一切。
古往今来多少美丽的句子
在天空和心中翻涌。但你
一句也说不出来。
你没有激动到要感叹
也没有十分平静
你在一种保持弹性但振荡不大的情绪中
感觉到寒冷和寂静
在肺腑，在天地中。

夜雨小史

这样的雨
如果下在从前的某个夜晚，
会产生一道
解决花朵变量的数学题，
引发一场关于颜色体形的
小范围争论，
会让对良人的思念漫漶
并急于剪亮那些遥远的蜡烛……
这样的风
如果恰好也同时吹在
从前的某个夜晚，
会让人提起笔
给远方的朋友写一封押韵的信，
让人想起春天
巷子里带露的叫卖声，
或在一场虚拟的战争中
复活祖国、热爱和疼痛……
偏偏在今夜
这样的风，听起来像是
无数扼紧的喉咙挣扎发出的

急促的喘息。这样的雨
像是无数被痛苦压低
或反刍之后的抽泣。
在这鸡犬相安的夜晚
或许它们恰好映照并唤醒
迷人的往昔。

岳阳楼

听说岳阳楼的时候，我还很年轻，登楼时
我已经老了。作为理想的某种变形，它贯穿我的一生。
伟大得近乎虚无的洞庭，为吴楚划清界限也磨亮了兵锋
它灌溉着肚子中的日月星辰，不断吐出又吞下。
尘世的光是它辉煌的馈赠。
一条破船是命运给我衰朽肉体的馈赠，
而隐匿在远方的亲友，难以将地址说出。
我甚至担心，北方的战火已抹去他们的形体
站在窗前，眼里全是湖水、湖水，泪水找到它的知己。

晨 雨

晨光穿过大海照亮细小的雨滴。
树叶有灵敏的耳朵。明亮的小眼睛
在雾里穿行，它们将在地上生根
而反动的风，意欲将它们推向出生地。
勤劳的小手，擦亮万物，轻抚细羽
和小兽的皮毛。云雾安静地移向正午
麝香山，展示未完成的隐身术，
示人以半张湿漉漉的面孔。

日 暮

牛羊回到低处的栅栏
一扇扇门关闭。一盏盏灯
点亮，在薄暮时分，
为失败的太阳收回小小的失地。
风月洗净的夜晚多美好
可惜此地并非故乡。

黑色的水流进
石头的缝隙，草叶上
露水轻盈地滑向秋天的根部……
一切似乎都在时间中走向低处。

我退居斗室，听见灯花如一声低语爆发
赞美一朵不合时令的梨花
感到岁月的告别，
在穿窗而入的微风中颤裂。

月夜想起我的兄弟

这里时间并不住在钟里
而住在鼓和对鼓的持续敲击中
这里，时间并不代表生命的延续
而是一种警告。这里
秋天是一首孤独的歌，是热切的
召唤，尽管只有一个音节
至少对那只失群的大雁来说，是这样。
兄弟，露水将要变白，成为霜，成为
冬天的口信，铺展在大地上
月亮将更亮，在那无法抵达的远方
而我曾从那里出发。你们呢？
你们就是我无法抵达的遥远
还有老宅，我无法捍卫的灰烬。
兄弟，但愿我不是
独自一人，承受这么多给予和丧失。
我那些漫长的问候，除了是独语
自说自话，还能是什么呢？那洁白的信笺
像霜，一次次在燥热的战火里消融
像月光，由孤独的邮差又一次运送。
在我这里，是这样，是这样的。
你们那里呢？

野 望

秋天难以望穿

它起伏的身段裹上了阴影

一层又一层。

天空挂在地平线上

像河流洗净的旧衣服。

落叶林还在瘦身

落日，山脉空旷而幽深。

暮霭隐藏了一座孤单的城市。

当乌鸦塞满小树林，成为黑夜的中心

有一只白鹤划燃自己取暖。

对 雪

哭泣的，更多是鬼魂
他们加入了新的战败者行列。
而自言自语的，是一个
即将变成鬼魂的人。
层云纷乱，压矮了暮色
风在雪粒上跳回旋舞。
酒葫芦扔了，酒的缺席将酒杯填满。
炉子独善其身，只温暖自己
作为概念而存在的火是红的
作为想象存在的灰烬也是。
亲朋似乎均被革除原籍，从地图上
神秘地消失了，这让一个衰老的人
倍感悲伤，并执着地在冷空气中
书写着绝望和虚无。

没有翅膀的人

轻风在细草丛里穿行，
客船的唯一指针指向孤独的时辰。
夜晚辽阔而空旷，星星仿佛
就要掉下来，月光垂直于江水
江水垂直于地平线。飘零者叹息
被弯曲的抱负，困扰于名与实的终极真理。
忽然羡慕沙鸥，而逍遥天地间的精灵
怎么可能理解：现实主义者没有翅膀。

文杏馆

我的居所在我的眼睛和鼻息里
房梁是文杏的，有着美丽的花纹
香茅的屋檐，散发着清香
这个小作坊盛产云朵的幻术
它们常常在雨水中回到人间

竹里馆

进入竹林中心，我渐渐变成一根竹子
心空出来，充注质朴的喜悦
想要说话，发现
无人可以交谈，话语并非必需
只有翅膀能穿行于这深邃的空寂

白石滩

她坐在岸边的大石上
垂足摆弄水波，似乎乐此不疲
可是太阳已经落下去了
流水正在变冷。浮云越来越白
越来越淡，像两片小脚丫子
无端端让人着急

南 垞

一艘船，随便停在什么地方
那里就可称之为岸。湖水却不
它始终遵从南垞的界限
即便黄昏让它渺漫，似乎足以
无视并越过这暮色隐藏的小小山峦
船总是停在原处

纵斧伐柯 |

茱萸沅

花椒和肉桂的混合香味
竹叶的茂密和秀美
助长了沉甸甸的高傲
除了自己的果实
连阳光也无法两次
让她脸红

约 客

梅子黄了。此时有雨正在落下。
池塘的音乐厅演奏蛙族的合唱。
夜已深，半掩的门上挂满全世界的雨声
——你不会来了。夜晚如同未竟的棋局
我执黑又执白，暂时与自己为敌。

长带子要短系

走在远离的路上，我们一直走在
远离的路上，共同分担生者的时间
我们走在时间的分岔上
走出对方的眼睛，各居一隅如割据一方

道路是漫长的阻碍
连目光也会被完全切断
但北风仍能勒住南行的马蹄
向阳枝仍能收敛北上的翅膀

白昼是一把尺子，不倦地测量我们的距离
而衣服越来越宽，长带子要短系
才能收束这颗被日益削尖的心
而浮云系紧太阳，道路系紧远游的人

想起你让我倍感衰老
更加敏感岁月的催逼
又是一年将尽，我这样告诫自己
无用的话少说，养精神的饭多吃

即便把这些打了结的肠子也染成青色

春草又青了，连河水都是绿的
它们也装点远方的道路
但即便把这些打了结的肠子也染成青色
也不会唤醒他悔恨的神经末梢。
柳条儿柔软，碧玉的手指
在风中弹拨自己——
一把碧玉琵琶，奔腾的
汁液，让她陷入动人的忧郁。

恰如满月爬上窗口，柔和的光
又饱满又轻盈。这是春天
也许寒食刚过，她要
和视野里那些占尽天时的植物比一比
以便确定彼此的位置。或许
也常常梦想互换，那就不必
承担秋天的煎熬和漫长而寒冷的冬夜，
那恼人的温暖让睡眠更短。

谁看见这一切？
谁这样揣度或

听见她说："一个过气的女歌手
当浪游的良人——被空间悬搁的乐器
让她独享这狭窄的舞台——双人床
成为重负，必须找人填满
分担空虚的重量"。
是用陌陌还是微信？

你肚子里的酒都是好酒

你看，山上的树木多么葱郁
涧中的石头多么坚硬
光阴和流水似乎和它们没关系
而人不同，人会慢慢变老，死掉

活着就像一场一去不返的旅行
必须坚信你肚子里的酒都是好酒
你缰绳控制的马都是骏马
是它而不是别的
将你运送到一个又一个繁华的城市

那里，充满华丽的帽子和腰带
数不清的长街和短巷
如同帽子的河流
连接着豪宅朱门
通往对峙的宫殿

他们大摆宴席
建立欢愉的码头
企图通过杯盏的位移
远离无名之物的催逼

聚会之美妙莫名

欢乐难以细数
聚会之美妙莫名
比如那弹筝的人
那溢出的乐音
连琴弦也无法勒紧。

和弹奏者一样
每一支乐曲都在寻找它的知己。
而在听者那里，每一支乐曲
都会映照自己的面容。
但并非所有人都愿意看清：

——时间是一间旅馆
我们只住一生。
一生有多长
尘土，尘土
风卷起，又撒下。

——为此必须以最快的速度
用最省力的方式走最短的路

为屁股找一个好位置。

——为此必须远离贫穷和不幸
远离艰难的道路
远离那让你饱受煎熬的虚无的意志。

与白云平起平坐

高冷，几乎
与白云平起平坐。
雕花木窗。
轻柔的窗帘。
庭院深。
通向云朵的阶梯
曲折如华山道。
你看见，或者认为
你看见，都一样。

越仔细越遥远。

哦，这悠扬的战栗！
怎样的心会听见？
绷紧的琴弦似乎要回到共鸣腔
绷紧空气的歌
渴望被肺回收。
是谁？胆敢弹奏孤独
果然又被孤独
深切而热烈

弹奏。

越悲伤越清澈。

风运送无形的弦。
是怎样的心？
在风声里漫步
走过来又走回去。
是怎样的心？
渴望彻底地消散
揉碎了还要
再吹一口气。
悲哀总有余数。

我们变成鸟儿好吗？
孤独是一种病
只能用知己治愈。
要找到云上的道路
飞翔是如此必要。
誓言如召唤

越轻盈越沉重。

它们需要有人怜惜

"我和芙蓉之间，是一条涌流着黄昏的绿水
它和你一样沉默。"

"你见过这些湿地吗，亲爱的
杂乱无章的兰草密布其间，
它们和我一样茂盛，散发着湿漉漉的香气。

"这些芙蓉，让我想象
你此时的容颜。多么美！
当我的指尖终于触摸到它细嫩的茎
我知道，它们需要有人怜惜。

"但是，亲爱的，我手指太短
难以触摸你的脸庞——
我们之间是
漫无尽头的长路
无限延伸的大地。"

我们短暂的友谊并非诞生于永恒的石头

粗粝的黑夜磨亮天空中最低的石头
让思念的光芒冷冷地升起
蟋蟀在东壁催促时间的织布机运转得更快一些
天空像一棵巨大的橘树，金黄的果子就要掉落
在一把转动的勺子里人们看出了节令
白露在日渐枯黄的草叶上，映照黑夜深沉的反光
蝉开始在每一棵树上高声宣读秋天的遗嘱
而燕子剪断了和此地的联系，带着它黑色的剪刀逃逸

昔日的同窗好友剪断了友谊
如今变成了鸟人，自如地开垦天空
遗弃我，就像鞋子遗弃脚印
行人遗弃他身后的路
他要摘南天的箕星去盛放他的粮食吗
还是要取北斗舀他新熟的酒
他要让牛星上轭拉车吗
那就随他去吧，天上的朋友
我知道我们短暂的友谊并非诞生于永恒的石头

纵斧伐柯

山谷有多空旷它就有多空虚

一根竹子是孤独的
山谷有多空旷它就有多空虚。

一根竹子会时时想起
相互缠绕的藤本植物

它们有多缠绵
它就有多孤独。

一根竹子注意到遥远的藤蔓
是因为它恰好想起另一根更遥远的竹子

想起它们曾经组成竹林
被同一阵风弄响。

等待让时间高贵的车轮转动得更慢
而孤独会抽空一根思念的竹子。

它看见山麓的野花
开得如此热烈

如果从未遇见恰当的手
秋风会适时吹灭它们。

它开始担心并试图安慰自己
另一根竹子依然是

竹子，只要这样
它就不会变成秋风的猎物。

时间的种子正在开花

你知道，也许早已忘记
院子里那棵树，又挂满绿色日历
时间的种子正在开花。
我摘下最美丽的一枝
但难以让它开到你此时行经的路旁。
花香扑上罗衣，这是春天
在我身上新建的驿站。
你住在别的驿站。

这花也许并不值得珍惜吧！
但它忽然让我想起
你离开了多久？而花独自开
直到凋败
你并不知道。

对岸即风景

牵牛星越遥远，织女星越明亮
一匹飘动的丝绸将他们联结又分割
她知道这个传说。

她的手修长又洁白
但却越来越笨拙
连纺车也难以忍受。

她再也耍不出什么花样
甚至无法给予一团乱麻以秩序。

流泪，抽噎
像闷雷敲打细雨
她只顾为传说哭泣。

明朗的夜晚
河水一下就露了底
能有多宽呢？
花边之间的丝线数得清
但却足以隔断两颗星！

对岸即风景。持久地凝视
是因为无法越过，沉默
是因为不知从何说起。

我唯一害怕的是你不知道

十月，寒气侵入枕簟和庭院
冬天的先驱者充满长途跋涉的疲惫
它们的喘息日夜可闻。

忧愁的重负，再次让夜晚的钟摆几乎陷于停滞。
睡眠总是来得太迟，在这之前
通常有大把的时间摆弄星辰
把这些远道而来的光像家具一样
适得其所地安放在空荡荡的房间里。

这么多年，记忆被夜晚填满
生活沦为乏味的旁观
无非白月亮，黑月亮，半白半黑的月亮
单调地循环。

你寄来的信，似乎是一个缺口
我一直贴身带着，字迹依然清晰
仿佛你不断重写
而我总在展读。
你说你思念……

你说我们可能还有很长的时间。

我唯一要做的是等你回家，
我唯一害怕的是你不知道。

忧愁的人难以入睡

月亮把头伸进我的窗子
它的眼神比我的蚊帐还要白。
白色打破了幽暗的秩序。
忧愁的人难以入睡
在狭小的室内打转。

这异乡的生活虽然愉快
但家更有吸引力。
出门随便走走
看看远方，不知不觉
又回到房内……

那些无法说出的话
无人倾听的话
只能让眼睛去说
让盐去说
让衣襟聆听。

长恨歌

他困惑于自己的匮乏。
风流的皇帝致力于探寻危险的美
即便这美的力足以毁掉整个帝国。
这么多年，他一直沉迷于这未竟的冒险
美妙的音符时时从心底升起
总是缺少相称的形体与之对应。

危险的美隐秘地生长。
呼吸着珠帘绣户的娇嫩空气
杨玉环不动声色地长到妙龄
她有热带雨林气候的潮湿和善变
也有荔枝的鲜美口感。
这个娇弱的少女，许多事都超出了
她的控制。比如天生丽质，比如
有一天她竟会坐在皇帝的身边。
许多事情都超出了她想象力的边界。

我拥有世界上最大的花园
原本以为自己坐在花园的中心。
可是当她不经意地回头

那灿烂的笑容让春天黯然失色。
我明白这就是我一直寻找
却总未获得的。
现在，我让她在华清池沐浴
我要用温泉来抵御倒春寒。
她的肌肤光滑如凝脂
在我的燥热的手掌中一寸一寸地融化
最后化成一泓清澈的水，一幅华丽的丝帛。
当侍浴的宫女扶起她的时候
手里似乎仅仅握着一条被温泉充满的浴袍。

她的头发，云朵的
她的脸，花朵的
她，皇帝的。
在温暖的芙蓉帐内
春天的夜晚何其短暂！
无尽的花粉和体香
让勤劳的小蜜蜂替代了懒散的老皇帝。
快乐的事，似乎永远也没有尽头
比如吃饭，春游，比如坐拥江山
和美人，一日又一夜。
所有女子，被浓缩成这唯一的一个。

她仔细化妆，在宫廷宴会结束之后，点燃

纵斧伐柯 |

那些黑暗的时辰，点燃酒精里的春天。
她带来荣光，族兄做宰相，兼四十余职，
姐妹们都有了封地。
她改变女孩在父母心中的位置
谁敢想生一个皇帝呢？
而生一个皇帝挚爱的女人
成为天下父母都可以为之不懈努力的梦想。

骊山似乎要乘着云朵离开尘世
而华清宫里，天上的音乐随风到处流传。
慢些，再慢些，让歌声在共鸣腔和耳朵之间静止
让舞者成为一尊尊雕塑，直到每一个音符
凝固在洞箫和琵琶弦上，最好让太阳也慢下来
最好把这神仙日子，变成一支永不终结的歌
以便有更充足的时间去取悦那君王。
而安禄山的马蹄从边关带来了打击乐
渔阳鼙鼓窜入并颠覆了皇帝精心创作的乐曲
在帝国的版图上巡回演奏。

烽烟和尘土笼罩了长安，它们来自战火
和凌乱的马蹄。一场病恹恹的溃逃
从延秋门开始了。最初的一百里是散步的
一百里，是巡幸的一百里，更像是偷情的一百里
慌张压过了威仪的一百里。

一百里后是马嵬坡，他不知道
这见鬼的驿站，将拴住他心爱的小马驹。

士兵们像因愤怒而不断膨胀的气球
终于爆裂——珠玉织成的花朵掉在地上
碧玉的翠鸟的长尾巴掉在地上
黄金打造的金丝雀和白玉簪……统统掉在地上。
多少个柔软而短暂的春夜
她曾优雅地卸下它们
她深谙美的数学法则，随日晷的运转调整
白天是加法，夜晚则需要减法。
他不厌其烦地欣赏着，她变少，直到不能再少
似乎这是世间唯一值得去做的事。现在
那轻柔的眉毛，那漂亮的眼睛
终于带着整个国家的责难
如同一只蝴蝶背负春天所有的花事，飞走了。
少被掏空，归零
一种无法补足的空旷。

他遮住自己的眼睛无助得像一个孩子。
他转过身，极力让眼泪和血安静下来
这徒劳的努力让它们更恣肆
洪水解除了堤坝的束缚，喧嚣而汹涌。
有人攻破他的城池，有人

让他眼睁睁看着心爱的女人去死
江山和美人片刻间离开。
太快了，仿佛不是真的。

他揣着突然被掏空的心
回过身继续走他的路，走向严寒的风。
他在恐怖的梦里漫游，侧身入剑门
经过一座又一座山峰却罕逢同道
冬天的太阳像阳痿的男子
难以在光芒中竖起鲜明的旗帜。

蜀地清澈的流水和丰隆的山岭
使心灰意冷的皇帝倍感衰朽和乏力。
他热衷于逃进回忆，逃进记忆中的
都城，都城里的宫殿
那里还是王土，任他纵横驰骋。
此地阴晴都不合时宜
夜晚如同一口平底煎锅
不断翻烙他干瘪的身体。
月亮刺痛失眠的眼睛，
雨弹奏夜晚，风吹响金铃
合奏一首悲伤的乐曲。听者
只能用肠子聆听。

皇帝终于退休，国家已经改元。
好在长安又回到帝国手中
他立即踏上来时路。这不正是他所期待的吗：
打开通往过去的门，回到那不容丢失的往日
但也意味着一种冒险：重新经历死亡。
在马嵬坡他停下来
她死的地方还在，被空旷据为己有。
她不在，这地方陡然被多出来。
死亡被剩下，主宰着生者。
他流下眼泪，有人陪着假哭。
他开始害怕宫殿，不想回到
那些空荡荡的容器中。
他的疆域辽阔，她的水草肥美
这些都被倾倒，无法重新注满。
他只能骑着懒洋洋的马匹继续启程。

宫殿是旧的，池台是旧的
时间似乎并未带走什么。
太液池的莲花，一张出浴时仰起的脸
还带着粗心的侍女未擦干的晶莹的水滴。
风摇曳着未央宫的垂柳
音乐摇曳着腰肢和画眉……
宫殿里弥漫着往日的欢愉
体内苦涩的潮水日夜拍打着

纵斧伐柯 ┃

怀旧癖筑起堤岸。

他完全被过去攫取
被她离开后留下的巨大空白
塞得满满当当。他不是太上皇
而是一间忧伤的杂货铺
用心象交换物象，靠残忍的盈利活着。
春风献出花朵，梧叶在秋雨中滑落——
她往日的面容变换着在时间之树上闪现
她褪去衣服的光滑身体
正缓缓步入华清池……
消逝的音符，回到乌有之弦。

我怕去太极宫，但还是去了
庭院满是枯草，落叶覆盖台阶
和兴庆宫一样。这些丢失水分的骨头
在秋风的扫帚下，发出苦涩的沙沙声。
岁月指挥一曲衰老的合唱。
我的乐工和你的宫女都老啦
白发亮铮铮，像骊山顶上的新雪
闪烁而寒冷，脸黯淡如黄铜。
唯有时间高歌猛进
唯有回忆带来欢愉。

每当太阳落下，萤火虫
提着小灯笼在庭院里散步
秋虫唱起小谣曲，宫女们翻检
旧时光。黑暗挤出
思念的时辰！
灯盏把自己耗尽，睡眠被削尖
关节炎在膝盖里刺挑顿挫。
更鼓打着哈欠巩固
夜晚，这黑色乐队的蹩脚鼓手
懒散地重复着几个枯燥的重音
不断磨损月亮的听力。
银河涨潮了，天空溅起白色泡沫
光终于揭竿而起。大地献出清霜
屋瓦相拥取暖，我只能一个人僵卧。
这无梦的夜晚，和没有你的梦一样荒芜
我醒着，只有醒着
才能活在有你的时间里。

道士来自邛崃，精通招魂术
这是唯一的希望。
他骑着云朵阅遍星辰
他乘雾气的竹筏渡过黄泉
天空的图书馆里没有她的名字
地狱的生死簿里没有她的名字……

纵斧伐柯 |

但他还是带来了一丝振奋人心的消息：
听说海上有一座虚无缥缈的山
精巧的楼阁有彩云的基座
住着许多仙女，其中一个
有雪一样呵气就化的肌肤
和花朵一样的脸，她叫太真
她应该就是您日思夜想的人。
于是他带着老皇帝的期待叩响门环。

侍女急促的脚步在门户间传递
久违的人间消息。他毕竟没有忘记
这突如其来的问候让她无措又欣喜
她推开枕头，她顾不上整理服饰
她走向镜子又迅即转向珠帘
她绕过屏风。

头发来不及固定在往常的位置
头饰凌乱，刚刚醒来的女人
反常带来新鲜的味道。
她走得优雅而迅捷
衣服轻盈如飞翔的鸟羽
仿佛是在跳霓裳羽衣
那曲消逝在战火中的舞蹈
美得让整个中原都难以承受。

一张被眼泪不倦地冲洗的脸
在苍白的寂寞边上
兴奋镶出一圈潮红
像一朵暮春的梨花
几乎被沉重的水滴压垮。
眼睛里汹涌着咸味，她
只能以一种低沉又飘忽的嗓音说话。

人时已尽，日子显得漫长
他的声音和面容就是遥远
想看看长安，有他的城市
但是眼里尽是尘土
尘土覆盖了尘世。
他送的金钗和钿盒
我一直带着。
正是这些身外之物
赋予爱以固定的形式
死亡也无法取消。

现在我把它们一分为二
请带给他，这些信物是我们
通向彼此的唯一的路。
让我们共享爱着的岁月
和一种近乎绝望的等待。

纵斧伐柯 |

告诉他，如果拥有黄金的心
它们定会合二为一，我们必将重逢。

告诉他，别忘了我们有一个
属于传说的夜晚，时间反证着传奇
让人沉醉的宫殿，那里通向永恒
当喜鹊在银河上筑起桥梁
神仙踏上重逢的路，而我们
依偎在低语的河流上：
托生为鸟，要翅膀挽着翅膀
生而为树，就枝叶连着枝叶
无论如何，都要手牵着手。
那时我们爱着，不知
别离漫长，美好短暂。
我们以为此生长久
但死亡不假思索地改写了一切。

告诉他，天地总有尽头
死亡也有边界
而爱没有终点。
如果恨被磨得更长一些
那是因为我们依然爱着。

图书在版编目（CIP）数据

纵斧伐柯／罗逢春著．-- 北京：作家出版社，2025.7.
（21 世纪文学之星丛书）. -- ISBN 978 - 7 - 5212 - 3413 - 8

Ⅰ. I227

中国国家版本馆 CIP 数据核字第 2025S8K897 号

纵斧伐柯

作　　者：罗逢春
责任编辑：李亚梓
特约编辑：赵　蓉
装帧设计：守义盛创·段领君
出版发行：作家出版社有限公司
社　　址：北京农展馆南里 10 号　　邮　　编：100125
电话传真：86 - 10 - 65067186（发行中心）
　　　　　86 - 10 - 65004079（总编室）
E – mail: zuojia@zuojia. net. cn
http: // www. zuojiachubanshe. com
印　　刷：唐山玺诚印务有限公司
成品尺寸：142 × 210
字　　数：72 千
印　　张：4.25
版　　次：2025 年 7 月第 1 版
印　　次：2025 年 7 月第 1 次印刷
ISBN　978 - 7 - 5212 - 3413 - 8
定　　价：48.00 元